一九五〇年寫本

兒童雜事诗

二〇一六年影印

《兒童雜事詩》作於一九四七至四八年南京獄中，一九五〇年二月八日在北京抄就，寄往上海，《亦報》從二月二十三日起刊出（刊出時序文和部分小注有刪改），五月六日刊完。此係現存全詩最早的作者手寫本。

序

今年六月偶讀英國利雅（Lear）的詼諧詩、妙語天成、
不可方物、略師其意寫兒戲趂韻詩、前後得十數首、
亦終不能成就。唯其中有三數章、是別一路道、似
尚可存留、即本編中之甲十及十九、乙三是也。因
就其內容、分別為兒童生活兒童故事兩類、繼續寫
了十日、共得四十八首、分編甲乙、總名之曰兒童雜
事詩。我本不會做詩、但有時候也借用這個形式、

觉得這樣说法别有一種味道、其本意則与用散文無殊、無非祇是想表現出一点意思罷了。寒山曾说過、分明是说话、又道我吟诗。我這一卷所謂诗实在乃只是一篇関於兒童的論文的变相、不過現在觉得不想寫散文、所以用了七言四句的形式、反正這形式並無什麼関係、就是我的意思能否多少傳達也沒有関係。我还深信道谊之須事功化。古人云、為治不在多言、但力行何如耳。我輩的論

或詩亦只是道道之空言，於事實何補也。三十六
年八月五日，幼安記。

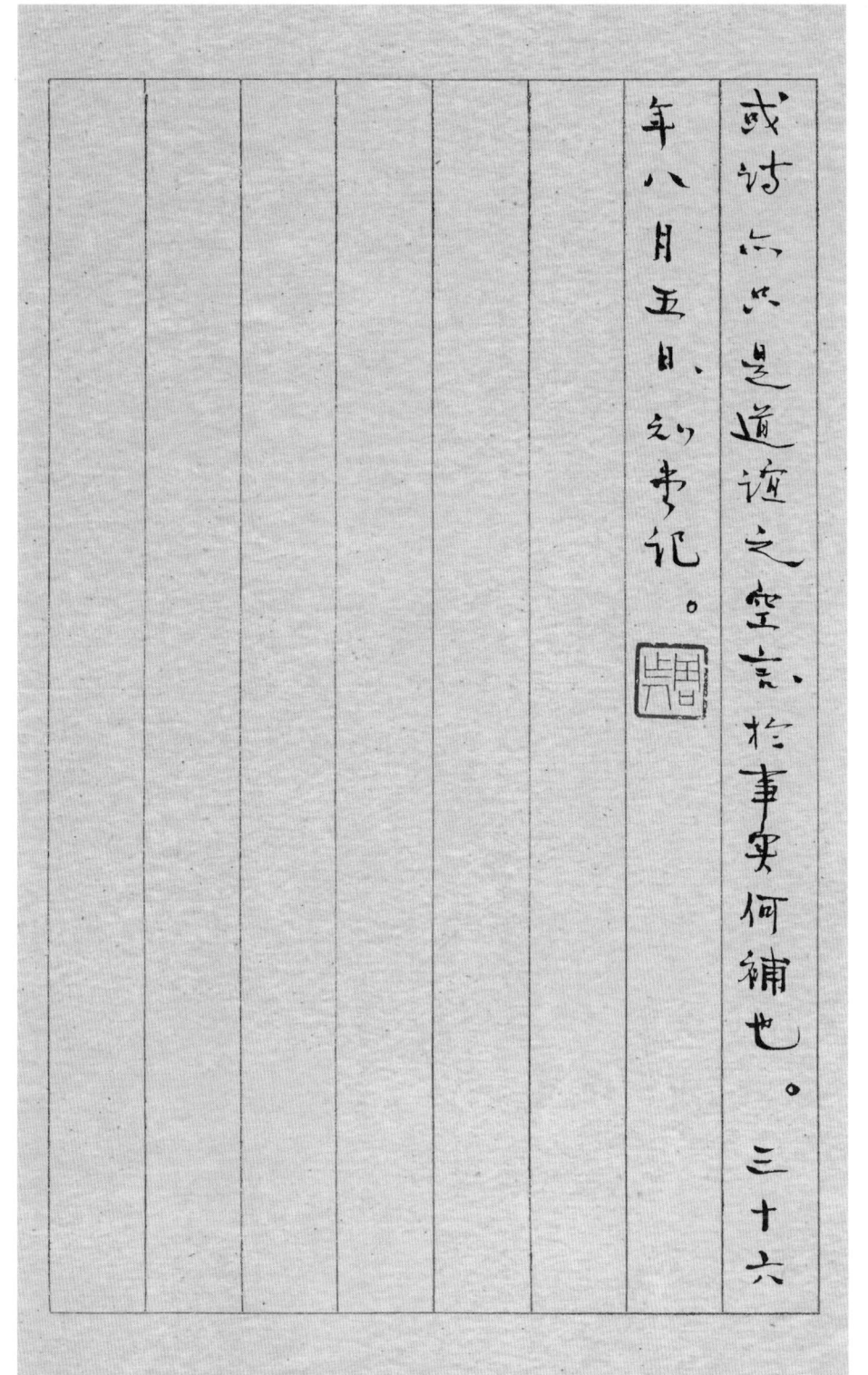

兒童襍事诗

甲編　兒童生活诗

一　新年

新年拜歲換新衣、白襪花鞋樣樣齐。小辮朝天红
線紮、分明一隻小荸荠。

荸俗語讀如蒲、國語讀作毘、亦是平声。

二

昨夜新收壓歲錢、板方一百枕頭邊。大街玩具商
暈買、先要金魚三腳蟾。
　大錢方整者名白板方。金魚等皆用火漆所
製、每枚值三五文。

三

下鄉作客拜新年、半日猴兒著小冠。待得歸舟双
艣動、打開帽盒吃桃纏。
　新年客去、例送點心一盒置舟中、紙盒圓扁形

如舊日帽盒、俗即以紙帽盒称之。合錦点心

中以核桃須松仁須为上品、餘亦祇是雲片糕

炒米糕之類而已。

四　上元

上元設供蠟高燒、堂屋光明勝早朝。更得鷄燈無

用處、廚房去看煮元宵。

五　風箏

鮎魚、飄蕩日當中、胡蝶翻飛上碧空。放鷂須防寒

食過、算數遇着亂頭風。
鮎魚蝴蝶皆風箏名、俗称曰鷂、因風箏作鷂子
形者多也。

六　上学

龍燈蟹鷂去過之、関進書房耐寂寞。盼到清明三
月節、上墳船裡看姣之。
兒童歌云、正月燈、二月鷂、三月上墳船裡看姣
姣。

七 掃墓

掃墓歸來日未遲、南门门外雨如絲。燒鵝吃罷閑無事、繞遍墳頭數百獅。

百獅墳頭在南门外、掃墓時多就其地須會飲、不知是誰家墳墓、不工壯麗、相傳云共鑿有百獅、但细数之、六才有五六十耳。

八

牛郎花好充魚毒、艸紫苗鮮作夕供。最是兒童知采擇、船頭滿載映山紅。

牛郎花色黃、即羊躑躅、云羊食之中毒、或曰其根可以毒魚。艸紫即紫雲英、農夫多植以肥田、其嫩葉可瀹食。杜鵑花最多、遍山皆是、俗名映山紅、小兒掇花瓣咀嚼之、有酸味可口。

九

跳山埽墓比春游、歲歲乘肩不自由。喜得居然称長大、今年獨自坐山兜。

跳山在會稽、即漢大吉摩崖所在地。兜子轎為山行乘物、兩竹槓間縣片板作座位、繩繫木棍為踏鐙、二人舁之甚輕便。小兒出行、多騎傭人肩上、姜白石詞只有乘肩小女隨、可知此風在南宋時已有之矣。

十　書房

書房小鬼忒頑皮、掃帚拖來當馬騎。額角撞牆梅子大、揮鞭依舊笑嘻嘻。

十一

帶得茶壺上学堂、生書未熟水樣光。後園往淺無停趾、底事今朝小便長。

十二 立夏

新裝扛秤好稱人、卻喜今年重成斤。吃過一株健腳笋、更加蹦跳有精神。

立夏日稱人、以防蛀夏。是日以淡笋納柴火中燒熟、去殼食之、一株名曰健腳笋。

十三　端午

端午须當吃五黃、枇杷石首得新嘗。黃瓜好配黃梅子、更有雄黃燒酒香。

十四

蒲劍艾旗忙半日、分来香袋与香球。雄黃額上書王字、善穗人称老虎頭。

十五　夏日食物

早市離家二里遙、携籃趕上大雲橋。今朝不吃麻花粥、荷葉包来茯苓糕。

苓俗语读作上声、但单呼茯苓则又仍作平声读也。

十六

夕陽在樹時加酉、潑水庭前作晚凉。板桌移来先吃飯、中间蝦殼笋頭湯。

十七 蚊烟

薄暮蚊雷震耳聾、火攻不用用烟攻。脚炉提起圍團達燒着傳香路〻通。
水鄉多蚊、白晝点長條之蚊香、黃昏則於銅
火炉中燃茅艸蚕豆荚或路〻通發烟以袪之、
小兒專司其事、以長繩繫於炉之提梁、挈之巡
行各室、路〻通即杉樹子、狀如栗房而多孔、焚
之微有香氣。

十八　瓜

買得烏皮香撲鼻、蒲瓜鬆脆亦堪誇。負他沙地般

勸意、鷄吃噴香呢殺瓜。

烏皮香者香瓜之一種、皮青黑、肉微作碧色、香味勝常瓜。蒲瓜柔脆多水分、但不甜耳。冷飯頭瓜一名呢殺瓜、以其綿軟、食之易噎、但可以飽、有如冷飯、沙地種瓜人常用作礼物。

十九　夏日急雨

一霎狂風急雨催、太陽赶入黑雲堆。窺窗小臉驚相问、可是夜叉扛海来。

夏日暴雨将至風起雲涌天黑如墨俗語輒曰夜叉扛海来。

二十　蒼蝇

爪皮满地绿沈沈、桂樹中庭有午陰。躡足低頭忙奔走、捉来几許活蒼蝇。

二一　菱

婦孺都知馳背白、雷门名物至今称。新鲜酒醉皆佳品、不及尋常煮大菱。

菱角通稱大菱、駝背白為四角菱之一種、色青白而拱背、出雷门坂一帯。

二二　蟋蟀

啼徹檐頭紡績娘、涼風乍起夜初長。閑心悄悄階前艸、明日携籠灌破墻。

二三　中元

中元鬼節款精靈、蓮葉蓮華幻作燈。明日雖扔今日點、滿街望去碧澄澄。

北方童謠蓮花燈今兒點明兒扔。

二四 中秌

紅燭高燒供月華、如盤月餅配南瓜。雖然慣吃紅綾餅、卻愛神前素夾沙。

中秌夜祀月以素月餅、大者徑尺許、与木盤等大。

甲编後记

兒童生活诗实亦即是竹枝词、须有歲时及地方作背景、今就平生最熟習的民俗中取材、自多偏於越地、亦正是不得已也。

兒童雜事詩

乙編　兒童故事詩

一　老子

當年李耳老而孩、奇事差堪比老萊。想見手持搖咕咚、白頭臥地哭咳咳。

搖咕咚、玩具小鼗鼓也、咕咚讀若骨楝、二十四孝圖常畫老萊子手持此鼓。

二　晋惠帝

滿野蛙声叫咯吱、累他鄭重问官私。童心自有天眞處、算道官家便是痴。

虫鳥啼声有時甚為迫切、蛙为尤甚、眞令人有所為何来之感、但俗或不覚耳。寔惠帝已非童年、亦但取其有孩子氣也。

三　趙伯公

小孩淘氣平常有、唯獨趙家最出奇。祖父肚臍種李子、戚乎急殺老頭兒。

太平御覽引笑林、趙伯公體肥大、夏月醉臥、孫兒以李子納其臍中、趙未之知、後汁出則大驚、恐謂腸爛將死、及李核出乃始釋然。

四　陶淵明

但覓梨栗殊可念、不好紙筆亦尋常。陶公此語悉、祥甚、責子詩成進一觴。

黃山谷跋責子詩云、觀靖節此詩、想見其人慈祥戲謔可觀也。

五

離家三月返歸去、三徑如何便就荒。稚子候門歡
不見、菊花叢裡捉迷藏。

六　杜子美

杜陵野老有情癡、淒絶羌邨一代詩。偶遂生還、
復去、膝前何以慰嬌兒。

子美羌邨云、世亂遭飄蕩、生還偶然遂、又其二

云、娇儿不离膝、畏我却复去。

七

诗人省识儿烦恼、痴女痴儿不太懷。稚子恒飢誰
忍得、凄凉颜色迫人来。
彭衙行云、痴女飢咬我、啼畏虎狼闻。百忧集
行云、痴儿未知儿子礼、叫怒索饭啼门東。狂
夫第三聯云、恒飢稚子色凄凉。此在他人诗
中、皆不能见到者也。

八

鄉間想無雜貨店、稚子敲針作釣鉤。但有直鉤無倒刺、沙灘亦好釣泥鰌。

窯泥鰌本亦不易釣、姑趁韵耳。水边有一種小魚、伏泥上不動、易捕取、俗名步泥拖、不知其雅名云何也。

九　李太白

太白兒時不識月、道是一張白玉盤。無怪世人疑胡種、蒲萄美酒吃西餐。

太白古朗月行云、小時不識月、呼作白玉盤。

今人或有以太白為胡人者。

十　贺季眞

故里歸来轉陌生、兒童好客競相迎。鄉音未改離家久、贏得旁人説拗声。

越人称外鄉語皆曰拗声。

十一　杜牧之

人生未老莫還鄉、垂老還鄉更斷腸。试问共谁争歲月、兒童笑指鬢如霜。
未老莫還鄉、韋莊詞句也。牧之歸家诗云、共谁争歲月、嬴得鬢如絲。

十二　陸放翁

阿哥鸎字如曲蟺、阿弟说话像黄鸎。鸎越中俗语讀如盎平声、
孫兒嬌小嗔不得、涴壁同時復畫窗。
放翁喜小兒輩到行在诗云、阿囝学書如蚓曲、

阿綸学語鶯囀木、畫窗泥壁維忍嗔、啼呼也復可憐人。杭州人称小兒曰孩兒、讀如芽、浙中他處無此語、或是臨安俗語之留遺耶。

十三　姜白石

縱賞元宵逐隊行、白頭居士跡閒身。憐他小女乘肩看、双髻丫叉剗可人。

白石觀燈詞云、白頭居士無呵殿、只有乘肩小女隨。

十四　辛稼軒

幼安豪氣傾儕輩、卻有同情念小童。應是貪饞有同意、點頭歎看剝蓮蓬。

稼軒詞云、大兒鋤豆溪東、中兒正織雞籠、最喜小兒無賴、溪頭看剝蓮蓬。

十五　王季重

買得泥人買紙雞、蘭陵面具手親持。謔庵畢竟多情味、多買刀槍哄小兒。

王季重游慧锡两山记云、买泥人、买纸鸡、买蔺陵面具、买小刀戟、以贻儿辈。

十六　清顺治帝

挣得清華六品官、居然学士出寒门。胡雛亦自知風趣、畫出騎驢傳狀元。

清顺治幼年即位、为聊城傳以漸畫狀元歸去驢如飛图。

十七　翟晴江

不攻異端衛聖道、但嫌光頂著香疤。手携三尺齐
眉棍、赶打游僧秃腦瓜。
事见梁山舟所作傳中。

十八　高南阜

膠東名宿高南阜、文采風流自有真。写得小娃诗
十首、左家情趣有傳人。
诗见集中、有咏女儿嬉戲如猫蹄儿读姑〻各
题。

十九　鄭板橋

门前排坐尽新晴、待泥家人说古今。獨爱鋤禾日當午、手分炒豆教歌吟。

板橋家書、以鋤禾日當午二诗教小兒、於排坐吃炒豆時唱之。

二十　陳授衣

绝爱诗人陳授衣、善言拋墙折花枝。泥婴面具寻常見、尽铺田家襍與诗。

陳授衣詩見韓江雅集中、帶得泥嬰面具回、閙

廉風句、亦是白家雜興詩之一。

二一　俞理初

最喜龟堂自教兒、本来嚴父止於慈。高風傳述多

天趣、正是人間好父師。

俞理初著有陸放翁教子法、嚴父母義諸文、收

在癸巳存稿中。戴醇士記其言行、見習苦齋

筆記。

論人卓老有同志、說妬周安务怨词。幸喜未逢張闻達、不曾斷送老頭皮。

張闻達即彈劾李卓吾之御史。案此詩不涉兒童事、因関係俞君增訂於此。

二　王蒙友

不教兒童辭木札、故將文字示幺兒。古今多少經生輩、慚愧鄉寧学老師。

王蒙友著教童子法及文字蒙求、皆嘉孺子之

事也。案王君為鄉寧知縣，此云学老師，误也，
亦不復改作。

二三　凱樂而

绝世天真愛麗思，夢中境界太離奇。红楼亦有聪
明女，不见中原凱樂而。

愛麗思漫游奇境记，英國凱樂而著，趙元任有
北京话譯本。

二四　薩洛延

一卷空靈寫意詩、人间喜劇々堪悲。衔頭冒險多
憂樂、我愛童兒由剌斯。

人间的喜劇、美國薩洛延著、有柳無垢譯本節去三分之一、不完全、可惜也。徐礼庭新譯全本、曾見其原稿、更流暢可讀、併可具見作者意指、但未知能出板否耳。

乙編後記

大暑節後、中夜聞蛙声不寐、偶就文史中所記涉及小兒事戲作數詩、後復賡續損益之、共得二十四章。左家嬌女事、珠玉在前、未敢弄拙、雖頗自幸、亦殊以為憾事也。七月三十一日。

兒童襍事詩

丙編　兒童生活詩補

一　花紙

兒女英雄滿壁排、攤頭花紙費衡裁。大廚美女多嬌媚、不及橫張八大鎚。

直幅美女圖用以貼衣廚門扇上者、名曰大廚美女。八大鎚畫戲裝武士數人持鎚、大小式檨不一、多係槓張、男孩每喜備之。

二

老鼠今朝也做親、燈籠火把鬧盈门。新娘照例红衣袴、翹起胡须十许根。

老鼠成親花紙儀、仗輿從悉如人间世。

三

滚鐙身手好男兒、畫出英雄氣運时。其笑闺中廿歷睞、陳風古有怕婆诗。

花纸有滚燈者、不详其本事、畫作男子伏地、頭顶燭臺、女人著红抹胸戟手指麾。诗经中彼泽之陂一篇、牟默人说是陳人怕婦诗、儿所著诗切中。

四 故事

曼倩诙谐有嗣響、诺皋神異喜重聽。大頭天话更番说、最爱捕魚十弟兄。

为儿童说故事、多奇诡荒唐、称曰大頭天话、即

今所謂童話也。十兄弟均奇人、有長脚闊嘴
大眼等名、長脚入海捕魚、闊嘴一嘗而盡、大眼
泣下、遂成洪水、乃悉被沖去云。

五

老虎無端作外婆、大囡可奈阿三何。天教熱雨從
頭降、拖下猴兒着地拖。

老虎外婆為最普通的童話、云老虎幻為外婆、
潛入人家、小女為所啖、大女偽言如廁、登樹逃

匿。需不能上、乃往名猴来、猴以索套着颈间、逕上樹去、女惶迫遗溺著猴颈上、猴大呼热々、竟悮聽為拽、即拽索急走、及後停步審視、則猴已被勒而死矣。俗呼猴子曰阿三。

六

幻想山居亦大奇、相從赤豹与文狸。牀頭話久渾忘睡、一任檐前拙鳥飛。

空想神異境界、互相告語、每至忘寢。兒童遲睡，大人輒警之曰，拙鳥飛過了，謂過此不睡，將轉成拙笨也。拙鳥是一種空想的怪鳥，或只是鳥之拙者，故飛遲歸晚，亦未可知，但味當時語氣，則似以前說為近耳。

七　歌謠

夏夜星光特地明，兒歌啁哳劇堪聽。爬墻螔螘尋常有，踏殺綿羊出事情。

兒歌一顆星最通行，前後趁韻接續而成，絶無情理、兩轉換迅速、深愜童心。末白、蜆螘會爬墻、踏殺兩隻大綿羊、末句有各種異說、此為其雅馴者也。

八

階前喜見火螢虫、拍手齊歌夜夜紅。葉底点燈光照綵、喜燈有味此時同。

兒歌云、火螢虫、夜夜紅。

九

捉得蜗牛叫水牛、低吟尔汝意绸缪。上街买得烧羊肉、犄角先伸好出头。

北方儿歌：水牛水牛、先出犄角後出头、又云、给你买的烧肝儿烧羊肉噜。北京谓角曰犄角、觭读如犄。

十 玩具

门前迎會鬧哄哄、要货年年様式同。买得纸鸡吹嘟嘟、木头鬥虎竹蟠龍。

城中神佛按時出巡、俗称迎會、多有衒賣玩具者、卒極質樸、以紙片泥土及羽毛為鷄形、中有竹叶子、吹之有声、名曰吹嘟々、大抵只值一錢一个。

十一

南鎮歸来謁禹陵、金階百步上層々。手持木盌長刀戟、大殿来聽蝙蝠鳴。

南鎮即會稽山神廟、有碑曰天南第一鎮、春日香火極盛。禹廟殿陛甚高、有数十級、俗名百步金階。儀门内兩側皆玩具攤、貨木製盤盌刀槍。殿上多蝙蝠、晝夜鳴叫不息、或曰亦棲於禹像耳中、不知其審、想亦當有之也。

十二　虫鳥

胡蝶黄蜂飛滿園、南瓜如豆菜花盤。殊虫未見園林寂、深艸叢中捉絡官。

絡官狀如叫蟈蟈而小、色碧綠可愛、未曾聞其鳴声、小儿以为是络纬之儿、盖非其实也。

十三

辣茄蓬裡聽油蛉、小罩扪来掌上擎。瞥见長须红
项颈、居然名贵過金鈴。

油蛉状如金鈴子而差狭長、色黑、鳴声瞿瞿、低
細耐聽、以须長頸赤者为良、云寿命更長。畜
之者以明角为籠、絲綫結絡、寒天繫着衣衿内、
可以經冬、但入春以後便难持久、或有养至清

明節者、則絶無而僅有矣。

十四

壽浮尊稱績溪婆、灰黄衣著見調和。淡花摘得供朝食、妨得南瓜结實多。

小兒呼络緯為績溪婆〻、溪讀如國音稼、多罷壽之、摘南瓜芽淡花為食料、即雄蕊也。

十五

風吞雨碓亂紛飛、背識微生叫蠁斯。揭起醋瓶群飛出、雅名学得是醯鷄。

蠁斯即蠛蠓也、亦以称醯鷄、陸農師埤雅已如此说、唯郝蘭皋作爾雅義疏以為非是。

十六

姑恶飛鳴繞蕪烟、春宵淒寂不成眠。童心不識歡情薄、聽到啼声總可憐。

越俗水鄉多姑恶鳥、夜半闻啼声甚悽婉。姑恶飛鳴繞暮烟、朱竹垞句。東风恶、歡情薄、見陸放翁釵頭鳳词。

十七 鬼物

山魈獨脚疑殘疾、罔兩長軀儼阿獃。最怕橋頭河水鬼、播錢游戲等人來。

溺鬼俗称河水鬼、云狀如小兒、常群聚水边、擲錢为戲、小兒通常称为頓銅錢者是也。

十八

目連大戲看連場、扮出強梁百五傷。小鬼鬼王都看厭、賞心只有活無常。

大戲友目連中演活無常均極滑稽之趣、即迎會時亦如此、故小兒甚喜之。

十九　果餌

荸薺甘蔗一筐盛、梅子櫻桃赤間青。更有楊梅誇紫艷、輸它嬌美水紅菱。

二十

嘉湖細點舊名馳、不及糕團快朵頤。艾餃印餻排滿架鷄忘最是炙麻餈。

印糕方形、上印彩粉文字、故名。搗糯米飯、中裹豆沙或芝麻白糖餡、捏为扁圓形、曰麻餈、於熬盤上炙食最佳。

二一

漫誇風物到江鄉、蒸藕包来荷葉香。藕粥一甌深紫色、略添甜味入餳糖。

紅糖俗名餳糖、讀若琴、市语曰台壹。

二二

兒曹應得念文長、解道敲鑼賣夜糖。想見當年立
門口、茄脯梅餅徧親嘗。

小兒所食圓糖名為夜糖、不知何意、徐青藤詩
中已有之。以黑糖煮茄子、晾使半乾、名曰茄
脯。梅餅如銅錢大而加厚、係以梅子煮熟、連
核同甘艸搗碎、範成圓餅、每个售制錢一文。

二三

一盞盛來琥珀光、石花風味最清涼。新煎洋菜晶
瑩甚、獨缺稀微海水香。
石花熟、搥揀出貝殼沙石、洗淨煮汁、用井水鎮
使冰結、加糖醋食之、為夏日消暑佳品、唯不易
消化、多致胃病、後乃以洋菜代之、更為純良、而
無復有海艸香氣、遂覺索然寡味矣。

二四

居然嘗藥學神農、莫笑貪饞下苦功。玉竹香甜原

好吃、更得甘草潤喉嚨。
藥物中甘草之味人多知者、熟玉竹之肥壯者食之亦甚腴美、可當點心。

丙編後記

今春多雨、驚蟄以來、十日不得一日晴、日唯閱
說文段氏注以消遣。偶應友人之屬、錄舊作兒童
雜事詩、忽有所感、覺得尚可補充、因就生活部分、
酌量增加、日寫數章、積得二十四首、定為丙編。舊
日所寫多以歲時為準、今則以名物分類、此種材料
尚極繁多、可以入錄、唯寫為韻語、雖是遊戲之作、亦
須興趣乃能成就、丁編以下、倘有續作、實當俟諸異

日。三十七年三月二十日，雨中记。

一九五○年二月八日全部抄了

一九六六年寫本

兒童雜事詩

二零一六年影印

《兒童雜事詩》作者手抄過不止一次，一九五四年一月三十日的抄本並曾由香港崇文書店影印刊行，本書二〇一一年版亦曾使用。此本抄成於一九六六年八月十四日，作者九天後因「文革」停止寫作，旋即去世，此遂成為現存最後的抄本了。

兒童雜事詩序

今年六月偶读英國利亞(E. Lear)的诙谐诗、妙语天成、不可方物、略師其意、寫兒戲趁韵詩、前後得十數首、亦终不能成就。唯其中有三數章、是别一路道、似尚可存留、即本編中之甲十及十九、

又乙三是也。因就其内容、分别为兒童
生活兒童故事兩類、陸續寫了十日、共
得詩四十八首、分編甲乙、總名之曰兒
童雜事詩。我本不会做詩、但有时候也
借用这个形式、觉得这樣说法、别有一
种味道、其本意則與用散文無殊、無非

祇是想表现出一点意思罢了。寒山曾说过、分明是说诗、又道我吟诗。我这一表所谓诗、实在乃只是一篇关於儿童的论文的变相、不过现在觉得不想写文章、所以用了七言四句的形式、反正这形式并无什么关系、就是我的意思能

吾务多傳達也没有關係。我遂深信道
誼之須事功化。古人云、為治不在多言、
但力行何如耳。我輩的論或詩、亦只是
道誼之空言、於事实何補也。三十六年
丁亥八月五日、知堂记於南京。

兒童雜事詩

甲編　兒童生活詩

一　新年

新年拜歲換新衣、白襪花鞋樣樣齊。小辮朝天紅綫紮、分明一隻小荸薺。荸俗語讀

如蒲、阅语读作
昆、亦是平声。

二

昨夜新收压岁钱、枚方一百枕头边。大
衔玩是商量买、先要金鱼三脚蟾。大钱
方墼

三

着名曰板方。金鱼等物皆用
火漆所制、每枚值三五文。

下鄉作客拜新年、半日猴兒著小冠。待得歸舟双櫓動、打開帽盒吃桃纏。

新年客去、倒送点心一盒置舟中。紙盒圓扁、形如舊日帽盒、俗即以紙帽盒稱之。合錦点心中以核桃纏、松仁纏為上品、餘亦祇是雲片糕、炒米糕之類而已。

四 上元

上元設供蠟高燒、堂屋光明勝早朝。買

待鷄燈無用處、廚房去看煮元宵。

五　风筝

鲇魚飘荡月宵中、胡蝶翻飛上碧空。放鷂須防寒食近、莫教遇着乱頭风。鲇魚胡蝶皆风筝名、俗称曰鷂、因风筝作鷂子形者多也、小兒則重疊其詞呼之曰老鷹鷂。

六 上学

龍燈蟹鴿去追追、閒進書房耐寂寥。盼到清明三月節、上墳船里看姣姣。有兒歌云、正月燈、二月鷂、三月上墳船里看姣姣。彈詞中猶有美多姣語。

七 掃墓

掃墓歸來日未遲、南門門外雨如絲。燒

鵝吃嬲閑無事，繞遍墳頭數百獅。百獅墳頭在南门外，埽墓時多就其地向舟会飲。不知是誰家坟墓，石工壯丽，相传云共鑿有百獅，但细数之，亦才有五六十耳。

八

牛郎花好充魚毒，艸紫苗鮮作夕供。最是兒童知采擇，船頭偶載映山紅。牛郎花色黄、即羊躑躅、云羊食之中毒、或曰其根可以藥魚。草紫即紫雲英、農夫多植以肥田、其嫩苗可瀹食。杜鵑花最多、遍山皆是、俗名映山紅、小兒摘花瓣咀嚼之、有酸味可口。

九

跳山埽墓比春游、歲〻乘肩不自由。喜得居然稱長大、今年獨自坐山兜。跳山在会鎮东门外、即漢大吉摩崖所在地。兜子轎为山行乘物、两竹横间将片板作坐、但、绳紮竹木棍为踏鐙。二人舁之芒鞋便、小兒出行、多騎傭人肩上。姜白石词只有乘肩小女随、可知此风在南宋时已有矣。

十　書房

書房小鬼忒顽皮、
掃帚拖来當馬騎。
额角撞墙梅子大、
揮鞭依舊笑嘻嘻。

十一

帶得茶壺上学堂、生書未熟水精光。書房中當日所授讀之書謂之生書。後園往復無停趾、底事今朝小便長。

十二 立夏

新裝扛秤好秤人、卻喜今年重幾斤。吃

過一株健脚筍、更加蹦跳有精神。立夏日秤人以防蛀夏、大學原来於立秋日重秤一回、以資比校、但民间忘其意義矣。是日以陳筍側叢火中燒熟、去殻食盡一株、名曰健脚筍。

十三　端午

端午須嘗吃五黃、枇杷石首得新嘗。黃瓜好配黃梅子、更有雄黃燒酒香。

十四

蒲剑艾旗忙半日、多来香袋与青球。雄黄额上书王字、喜听人称老虎头。

十五 夏日食物

早市鲜家二里远、携篮赶上大云桥。今朝不吃麻花粥、荷叶包来茯苓糕。苓俗语读

作上声、但单呼茯苓、
则又仍作平声读也。

十六

夕陽在樹時加酉、潑水庭前作晚涼。板
桌移来先吃飯、中间蝦殼筍头湯。

十七　蚊烟

薄暮蚊雷震耳聲、火攻不用用烟攻。脚

炉提起團々，走、燒着傳香路：通々。水鄉蚊蚋自晝点長條之蚊虫藥、黃昏則於銅火炉中燃茅草豆莢或路々通、發烟以祛之、小兒喜司其事、以長繩整於炉之提梁、搊手之巡行各室、路々通即杉樹子狀如栗房，兩多孔，焚之微有香气。

十八　瓜

買得烏皮香撲鼻、蒲瓜松脆亦堪誇。負

他沙地般勤意雞吃噴香呢殺瓜白皮香甘

香瓜之一種，皮青黑，肉微作碧色，香味勝常瓜。甜瓜柔脆多水分，但不甚甜，冷飯頭瓜，一名呢殺瓜，以其偉軟，食之易噎，但可以飽，有如冷飯，故有是名。沙地種瓜人常用此以作燃物。

十九　夏日急雨

一霎狂風急雨催，太陽趕入黑雲堆。窺

窗小脸惊相问，可是夜叉扛海来。夏日暴雨

每到风起云涌，天黑如墨，俗语辄曰夜叉扛海来。胡寿颐陆斋病学草中有此诗题，唯扛字作降，误也。

二十　苍蝇

瓜皮满地绿沉沉，桂树中庭有午阴。蹑足低头忙奔走，捉来几许活苍蝇。

二一　菱角

婦孺都知駝背白，雷门名物至今称。新鲜酒醉皆佳品，不及寻常煮大菱。（菱角通称）

大菱，駝背白为四角菱之一种，色青白而扶背，出雷门坂一带。

二二　蟋蟀

啼徹檐头仿倿娘，庭风乍起夜初长。

心蚰：堦前叫、明日携籠灌破墻。

二三　中元

中元鬼節款精靈、蓮華蓮華幻作燈。明日雖扔今日点、满街望去碧燈〻。（北京兒歌云、蓮花燈、今兒点、明兒扔。）

二四　中秋

紅燭高香供月華、如盤月餅配南辰。雖然慣吃紅綾餅、卻要神前素夾沙。（中秋夜祀）

（月以素月餅、大者徑尺許、與木盤等大。）

附记

儿童生活诗实亦即是竹枝词、须有岁时及地方作背景、今记平生最熟习的民俗中取材、自多偏于越地、亦正是不得已也。

[illegible]

乙編　兒童故事詩

一　老子

當年李耳老而孩，奇事差堪比老萊。想見手持搖咕咚，自頭卧地笑咳咳。

（神仙傳云：李母怀胎八十一年而生老子。搖咕咚玩具小戲鼓也，咕咚讀若骨棟。二十四

孝圖常畫老萊子手
持此鼓、倒臥地上。

二　晉惠帝

滿野蛙声吵咯吱、累他鄭重問官私。童
心自有天真處、莫道官家便是痴。套惠
帝句

時已非童年、然但
取其孩子气耳。

三　趙佶公

小孩淘气平常有、惟獨趙家最出奇。祖
父肚臍种李子、絕乎急救老头兒。太平
御览
引笑林、趙倘公肥大、夏日醉卧、孫兒
以李子納其臍中、趙未之知、後汁出則
大惊恐、謂腸爛將死、
及李核出乃始釋然。

四 陶渊明

但覓栗梨殊可念、不好紙筆亦尋常。陶

公出语慈祥甚、责子诗成进一觞。黄山谷跋

责子诗云、观靖节此诗、想见其人、慈祥戏谑可观也。

五

離家三月旋归去、三径如何便就荒。稚子候门倏不见、菊花叢里捉迷藏。

六 杜子美

杜陵野老有情痴、凄绝羌邨一代诗。偶遂生还、复去、膝前何以慰娇兒。子美羌村云、世乱遭飄荡、生还偶然遂。又其二云、娇兒不離膝、畏我却复去。

七

诗人省识兒烦惱、痴女痴兒不去懷。稚子恒飢谁忍得、凄凉颜色迫人来。彭衙行云、痴女飢咬我、啼畏虎狼聞。百憂集行云、痴兒未知兒子禮、叫怒索飯啼門東。狂夫第三聯云、恒饑稚子色淒涼。此在他人詩中、皆不能見到者也。

八

鄉間想無雜貨店、稚子敲針作釣鉤。杜句但有直鉤無倒刺、沙灘只好釣泥鰍。棄泥鰌李亦不易釣、姑趁韻耳。水邊有一種小魚、伏泥上不動、易捕取、俗名步泥拖、不知其雅名云何也。

九　李太白

太白兒時不識月、道是一張白玉盤。奚怪世人疑胡种、蒲桃美酒吃西餐。太白古朗月行云、小時不識月、呼作白玉盤。今人或有以太白为胡人、亦犹说墨子是印度人之比耶。

十 贺季真

故里归来特陌生，儿童好客竞相迎。乡音未改离家久，赢得旁人说拗声。越人称外乡语皆日拗声。

十一 杜牧之

人生未老莫还乡，还乡垂老更断肠。试

间共谁争岁月、儿童笑指鬓如霜。未老莫还

乡、还乡更断肠、韦庄词句也。牧之归

家诗云、共谁争岁月、赢得鬓如丝。

十二　陆放翁

阿哥写字如曲蟺、阿弟说话像黄莺。莺越

中俗语读如猫儿杭州人称小光曰猫

国语之七。儿读如芽、浙中他处

乞此语、或是临安

俗语之留遗耶。

娇小嗔不得、流壁同

侍後畫窗。放翁喜小儿辈到行在诗云。阿纲学书如蚓曲，阿绘学语莺啭木。画窗涂壁谁忍嗔，啼呼也復可憐人。

十三 姜白石

縱賞元宵逐隊行。白头居士趁闲身。憐他小女乘肩看。双髻丫叉剔可人。白石观灯词云，白头居士无呵殿，只有乘肩小女随。

十四　辛稼軒

幼安豪气倾侪辈，却有闲情念小童。想是贪馋有同意，溪头卧看剥莲蓬。稼轩词云：

大儿锄豆溪东，中儿正织鸡笼。最喜小儿无赖，溪头卧剥莲蓬。

十五　王季重

买得泥人买纸鸡，兰陵而且手亲持。诗

菴畢竟多情味，多買刀槍哄小兒。李季府慧

錫西山记云：买泥人、买纸鷄、买蘭陵面具、买小刀戟，以贻兒輩。

十六 清順治帝

掙得清華六品官，居然学士出寒门。胡

雛亦前知风趣，蓋出騎驢傳狀元。順治幼年即位，为聊城傅以漸畫狀元歸去驢如飛圖。

十七 翟晴江

不攻異端衛聖道、但嫌光顶葬香疤。手攜三尺齊眉棍、趕打游從秃腦瓜。學山自注

晴江傳云、童子時讀书塾中、有從過其門、乃率衆持棓追擊、其父見而撻之、答曰、吾惡其秃也。

十八 高南阜

嘤东名宿高南阜、文采风流自有真。写得小娃诗十首、左家情趣有传人。詩兒集中、有亦女兒嬉戲、如猫蹄兒請姑々各題。

十九　鄭板桥

门前排坐喜新晴、待泥家人说古今。獨爱锄禾日當午、手分炒豆教歌吟。板桥家书以鋤禾日當午二詩、教小兒於排坐吃炒豆時唱之。

二十 陳授衣

絕愛詩人陳授衣、善言拋埥折花枝。泥嬰面具尋常見、喜誦田家雜興詩。陳授衣詩見韓江雜集中、帶得泥嬰面具回、一闋廉風句亦是集中田家雜興詩之一。

二一 俞理初

最喜龜堂自教兒、本來嚴父止於慈。高風傳述多天趣、正是人間好父師。俞理初著有陸放翁教子法、嚴父母義諸文、收在癸巳存稿中。戴醇士记其言行、見於習苦齋筆记。

论人卓老有同志、说娣周婆多想词。幸喜未逢張问達、不然斷送老头皮。張广弹李卓吾之郎史。案此達即兒童事，因閱联俞君，斯詩不陟録於此。

二二　王菜友

不教兒童嚼木札，故將文字示幺兒。古今多少俚生輩，慚愧鄉寧學老師。菜友苏有教童子法、及文字蒙求、皆嘉孺子之事也。案王君为鄉寧知縣，此云学老師，误也、亦不復改作。

二三 凱樂而

绝世天真愛丽思、夢中境界太離奇。仕樓亦有聰明女、不見中原凱樂而。愛丽思漫游奇境记、英國凱樂而著、趙元任譯。

二四 薩洛延

一春空靈寓意詩、人間喜劇之堪悲。街头冒險多憂樂、我愛童光由利斯。人間的喜剧美國薩洛延著、有柳無垢譯本、不完全、可惜也。著者本是亞耳美尼亞人。

附记

大暑節後、中夜闻蛙声不寐、偶作晋東帝一詩、後復就记忆所及、以文史中涉及小説諸事为材、賡續损益共得二十四章。左家娇女、珠玉在前、未敢弄拙、雖頗有事、亦殊以为憾事也。七月二十一日。

兒童故事詩本應多趣味、今所作乃殊为枯燥、甚觉辜负此題。有些悲哀的故事、如孔文举二子、水滸之小衙內、和骨爛、因子巷等、常往來於胸中、而自觉無此筆力與勇力。故亦不

敢漫然涉筆、殊不能自辯为幸为憾

也。九月廿八日校錄後再記。

丙编　兒童生活詩補

一　花纸

兒女英雄满壁排，摊头花纸贵衡裁。大厨美女多娇媚，不及横张八大锤。直幅美女圈用以贴衣厨门扇上，眷名大厨美女。八大锤，画戏装武士，教人特锤，大小式

様下一、多伴横楣、
男孩每喜嬉之。

二

老鼠今朝也做親、燈籠火把鬧盈门。新娘照例红衣褲、翹起胡鬚十许根。老鼠
成親

花紙、儀仗輿從悉如人间世、有
長柄官燈一对、題字曰年底间。

三

滚燈身手好男兒、画出英雄气短時。莫笑閨中甘屈膝、陣風古有怕婆詩。花纸有條

灯笑、不详其本事、画作男子伏地、头顶燭臺、女人着红抹胸、戟指丨麾。詩经中彼澤之陂一篇、牟默人说之、陣人怕婦詩、見所著詩切中。昔与故友餅斋谈及、诵涕泗滂沱、及有美一人、硕大且儼、語、輒相与绝倒。

四　故事

曼倩诙谐有嗣響，諾皋神異喜重聽。大

头天话更番说，最爱捕鱼十弟兄。出儿童说

故事，多奇诡荒唐，称曰大头天话，即今

所谓童话也。十兄弟均奇人，有长脚阔

嘴大眼等名。长脚入海捕鱼，阔嘴一尝

而尽，大眼泣下，遂成洪水，乃悉被冲去。

五

老虎无端作外婆，大囡可奈阿三何。天

敎热雨從头降、拽下猴兒着地拖。

老虎外婆

为最普通的童話、云老虎幻为外婆、潜入人家、小女为其所啖、大女佁言如厕、登樹逃匿。虎不能上、乃往召猴来、猴以索套着頸間、匿上樹去。女惶急遗溺其猴头上、猴大呼热ヽ、虎误聽为拽、即拽索急走、及後停步審視、則猴已被勒而死矣。俗語呼猴子曰阿三。

六

幻想山居亦大奇、相從赤豹與文貍。牀头話久渾忘睡、一任簷前拙鳥飛。空想神異境界、互相告語、每至忘寢。兒童遲睡、大人輒舉告之曰、拙鳥飛過了、謂過此不睡、將轉成拙笨也。拙鳥之一種想像的怪鳥、或只是鳥之拙者、故飛遲歸晚、亦未可知、但味當時語氣、則似以前說為近耳。

七 歌謠

夏夜星光特地明、兒歌啁哳剔堪聽。爬墻蟋蟀尋常有、踏殺綿羊出事情。兒歌一顆星最通行、前後趁韻、接使而成、絕無情理、而轉換迅速、頗愜童心、末曰蟋蟀会爬墻、踏殺兩隻大綿羊、末何有各種異說、此為其雅馴者也。

八

階前喜見火螢虫、拘手齊歌夜〻紅。

宸

点灯光碧绿、青灯有味此时同。越中方言称萤火虫火萤虫。儿歌云：火萤虫，夜：红。

九

提得蜗牛叫水牛、低吟尔汝意绸缪。上街买得烧羊肉、犄角先伸好出头。北京儿歌：水牛水牛、先出犄角后出头、你爹你妈、给你买的烧肝烧羊肉吃。北方谓角曰觭角、特读如鸡。

十 玩具

门前迎會闹哄哄，要货年年样式同。买得纸鸡吹嘟嘟，木头闹虎竹蜻蜓。城中神佛按時出巡、俗称迎会。多有衛賣玩具者、率極質樸、以紙、骨、泥、土及羽毛为鸡形、中有竹叶子、吹之有声、名曰吹嘟嘟。大抵只值一文一个。

十一

南鎮歸来謁禹陵，金階百步上層層。手持木碗長刀戟，大殿来聽蝙蝠鳴。

南鎮即会稽山神廟，有碑曰天南第一鎮。春香火極盛。禹廟殿陛極高，有數十級，俗名百步金階。儀门内兩側皆玩具攤，貨木製盤盤刀槍。殿上多蝙蝠，晝夜鳴叫不息。或曰棲息於禹像耳中，不知其審，想亦當有之也。

十二 虫鳥

胡蝶黄蜂飛滿園，南瓜如豆菜花繁。秋虫未見園林寂，深艸叢中捉綠官。

綠官狀如叫蝈〻，兩翅小，色碧綠可愛，未嘗聞其鳴聲，兒童以為是絡緯之兒，蓋非其實也。

十三

辣茄蓬里聽油蛉。小兒扪来掌上擎。瞥见長鬚红项颈。居然名貴過金鈴。油蛉状如金鈴子而差狭長。色紫黑。鳴声幽幽、低細耐聽。以鬚長颈赤者为良。云壽命更長、畜之者以明角为籠、緑紗絡、寒天懸著衣襟内。可以过冬。但入春以後便難持久、或有春至清明時節、在上墳船中聞其鳴声者。則絶無而僅有矣。

喜得尊称僓傒姿。灰黄衣著见调和。淡

花摘得供朝食。妨得南瓜结实多。络纬

小究

呼为僓傒姿、读如吉介。多义眷之、

摘南瓜淡花为食料，即雄蕊也。

十五

风春雨磑乱纷和。省识微虫叫蠁斯。揭

起醋瓶辟飞出。雅名学得是醯鸡。蠁斯

即蠛

蠓也，亦以称醯鸡，郭象庄子注已如此说，唯郝兰皋作尔雅义疏以为非是。

十六

姑恶飞鸣绕暮烟，朱竹垞句春宵凄寂不成眠。童心不识欢情薄，听到啼声总可怜。

越俗水乡，多姑恶鸟，夜中闻啼声甚凄婉。东风恶，欢情薄，见陆放翁钗头凤词。

十七　鬼物

山魈獨脚疑殘疾、罔兩長軀儼阿獃。最

怕橋頭河水鬼、擂錢游戲等人來。溺鬼各稱河水鬼、云狀如小兒、常群聚水边擲錢为戲、児童通常称为頓銅錢者是也。

十八

目連大戲看連場、扮出強梁有五傷。小

鬼〻王都看厭、賞心只有活無常。目連戲及

大戏中、演法無常均極滑稽之趣、即迎
神賽会時亦如此、故小兒輩甚喜之。

十九 果餌

荸荠甘蔗一筐盛、梅子櫻桃赤間青。更
有楊梅誇紫艶、輸它嬌美水仙菱。

二十

嘉湖細点舊名馳、不及糕糰快朵頤。艾

飯印糕排滿架、難忘最是炙麻餈。印糕方形、上印彩粉文字、故名。搗糯米飯、中裹豆沙或芝麻白糖餡、捏為扁圓形、曰麻餈、米製盤上炙食最佳、街头多有担卖者。

二一

漫誇风物到江鄉、蒸藕包來荷葉香。藕粥一甌深紫色、略添甜味入餳糖。仁糖俗名餳糖、讀若琴、市語曰台青、蓋因其出自台灣故歟。

二二

兒曹應得念文長、解道敲鑼賣夜糖。想見當年立門口、茄脯梅餅遍親嘗。小兒所食圓糖名為夜糖、不知何義。徐文長詩中已有之。以黑糖煮茄子、曬使半乾、曰茄脯、切細條賣之。梅餅如銅錢大而加厚、係以梅子煮熟、連核同甘草末搗碎、範

成圓餅、每个
售制錢一文。

二三

一盞盛來琥珀光、石花風味最清涼。新
煎洋菜晶瑩甚、獨缺稀微海水香。石花熟提、
揀去貝殼沙石、洗淨煮汁、用井水鎮使
凍結、加糖醋食之、為夏日消暑佳品。唯
不易消化、多致胃病、後乃以洋菜代之、
更為純良、而無復有海草香氣、遂覺牽

然寡味矣。

二四

居然嘗藥学神農，莫笑貪饞下苦功。玉竹香甜原好吃，更將甘艸潤喉嚨。

藥物中甘艸之味人多知者，熟玉竹之肥壯者，食之亦甚腴美，可當点心。

附記

今春多雨、驚蟄以來、十月不得一
日晴、日唯閱说文段氏注以消遣。偶
應友人之屬、錄舊作兒童雜事诗、觉
得尚可補充、因就生活诗部分酌量
增加、日寫數章、使得二十四首、乃定

為兩編。舊日所寫、多以歲時為準、今則以名物分類、此種材料尚極夥多、可以入錄。唯寫為韻語、雖是遊戲之作、亦須興會乃能成就、丁編以太、倘有機緣、當俟諸異日。三十七年三月二十日雨中記。

一九六六年八月十四日重錄一過

凡三日而畢知堂

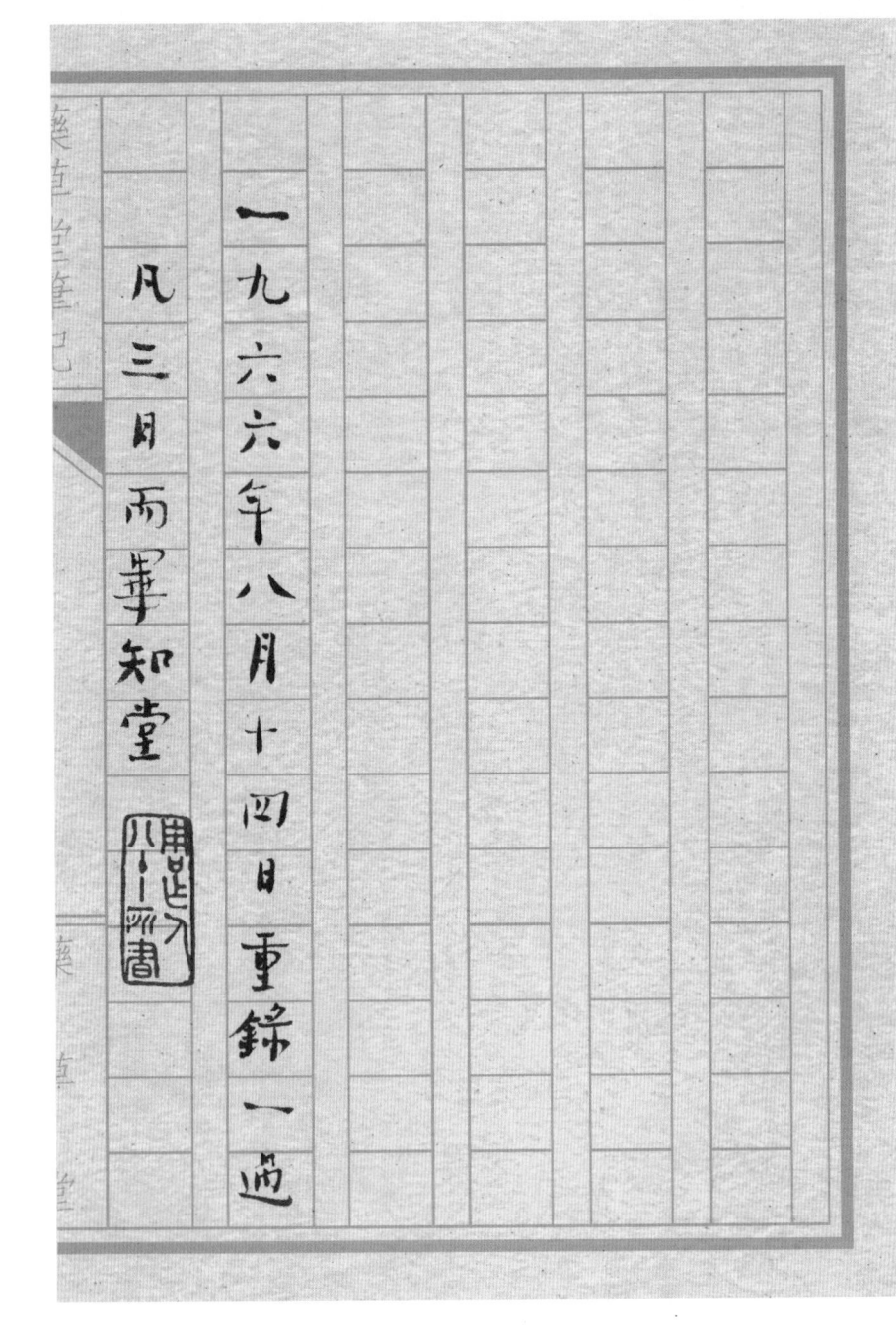

學寫筆記

學寫